사람보다 서귀포가 그리울 때가 있다

황금알에서 펴낸 오승철 시집
오키나와의 화살표(2019)
길 하나 돌려세우고(2021)
사람보다 서귀포가 그리울 때가 있다(2022)

오승철

서귀포 위미에서 태어나 1981년 동아일보 신춘문예 「겨울귤밭」으로 등단하여 작품활동을 하고 있다. 시조집으로 『오키나와의 화살표』『터무니 있다』『누구라 종일 홀리나』『개닭이』 등 네 권을 펴냈고, 단시조 선집으로 『길 하나 돌려세우고』, 우리시대 현대시조 100인선 『사고 싶은 노을』, 8인 8색 시조집 『80년대 시인들』 등을 냈다. 중앙시조대상, 오늘의시조문학상, 한국시조대상, 고산문학대상 등을 받았다. 오늘의시조시인회의 의장을 지냈다.
osc3849@empas.com

황금알 시인선 247

사람보다 서귀포가 그리울 때가 있다

초판발행일 | 2022년 6월 27일

지은이 | 오승철
펴낸곳 | 도서출판 황금알
펴낸이 | 金永馥
선정위원 | 김영승 · 마종기 · 유안진 · 이수익
주간 | 김영탁
편집실장 | 조경숙
표지디자인 | 칼라박스
주소 | 03088 서울시 종로구 이화장2길 29-3, 104호(동숭동)
전화 | 02)2275-9171
팩스 | 02)2275-9172
이메일 | tibet21@hanmail.net
홈페이지 | http://goldegg21.com
출판등록 | 2003년 03월 26일(제300-2003-230호)

*이 책은 서울특별시, 서울문화재단 '2022년 창작집 발간 지원사업'의
  지원을 받아 발간되었습니다.

사람보다 서귀포가 그리울 때가 있다

오승철 시조집

황금알

그래, 좋을 때다.

찔레꽃 환히 켜 놓고

귀 먹먹 우는

섬아

2022년 망아피 꿩동산에서

오승철

차 례

1부 바람에 으깨진 소리

2부 까마귀 각각 대듯

3부 간맞추듯 우는 뻐꾹

4부 아깝기사 가을 햇살

1부

바람에 으깨진 소리

백비

비야 비야 봄비야 4월 들녘 봄비야

꼼짝꼼짝 고사리 꼼짝
말몰레기 봄비야

꿩 울음 그만 뱉어라,
돌아눕는
백비야

정철 은잔

아무렴, 가락이야 장진주사쯤 뽑아야지
잔술 몇 번 홀짝홀짝
쩨쩨하게 그게 뭔가
대장간 어느 근육에 잔이야 넓히면 되고

임금에게 받았다는 그 잔 보러 청주엘 왔다
얼마나 두들겼으면 사발만큼 커졌을까
밤이면 가장자리에
북두칠성 둘렀으리

4월에 눈 내려도
핑계라면 핑계일 터
저 오름 분화구마저 빈 잔이지 않은가
오늘은 어떠하신가
달 띄우고 오게나

쌍아래아

어느 태권도장 꼬맹이들 기합 소린 듯
송전탑 꼭대기거나 나무도 우듬지쯤
까마귀 산까마귀가
쌍아래아로 소리친다

이요~읍 읍읍읍읍
이요~읍 읍읍읍읍
사람도 까마귀도 제주에선 쌍아래아(ᆢ)
바람에 으깨진 소리 '야'와 '요' 그 사잇소리

그렇게 중세국어 물고 온 까마귀가
정상은 내 차지니라 내뱉는 저 선거판
여봐라
여봐란듯이
이요~읍 읍읍읍읍

떡버들 벙그는 날

산자락 뻗어 내린

마을 하나

섬 하나

꿩소리 숨비소리 한나절을 치대는지

쌍계암 목불마저도

잠시 한눈파는

4월

수지맞다

개같이 쓰라는 거냐
정승같이 쓰란 거냐

퍼주고 흩뿌려도 남아도는 가을 햇살

세상에 왔다는 것이
죄스럽고
고맙다

애월
— 『장한철 표해록』에 들다

납읍천 도끼돌에 꿈이라도 벼렸을까
1770년 12월 25일, 못 가둔 그 꿈 하나
기어이 조천바다에 돛배 한 척 띄운다

믿을 걸 믿어야지 뱃길을 믿으라고?
소안도도 유구열도도 들락들락 들락퀴면
몇 명 또 바다에 묻고 만가 없이 가는 눈발

파도가 싣고 왔지, 청산도에 왜 왔겠나
꿈속에서 물 한모금 건네던 무녀의 딸
하룻밤 동백 한송이 피워놓고 돌아선다

그리움도 장원급제도 수평선 너머의 일
나도 야성의 바다, 그 꿈 포기 못 했는데
단애를 퉁퉁 치면서 애월에 달이 뜬다

머체골 제주참꽃

방선문 '영구춘화'야 소문이나 났지만
한라산 계곡 넘어
서중천에 숨어들어
봄이면 도둑눈처럼 출몰하는 저걸 어째

저걸 어째 이 사람아, 저 꽃불 저걸 어째
꿩비애기 채가듯 한 마을 다 채어간
봉분만 남은 머체골
돌담 올레 저걸 어째

은근한 약불인데
자배봉도 태우려나
그때 그 4월 들녘 섭섭한 내 아버지
박달래 오는 길목에 여태 번을 서시는가

축하, 받다

어머니 한 세상은 그믐밤 믐빛이었다
〈4·3〉이며, 녹내장
순명이듯 받아들고
손주놈 군사우편도 못 읽는 믐빛이었다

벗꽃 환한 봄 탓이리
외출도 봄 탓이리
몇 수저의 저녁상
그마저 물려놓고
화급히 성당 저 너머 사라진 숟가락 하나

"잘 갑서, 잘 가십서" 아내의 기도 소리
이 봉투 저 봉투
그중에 어느 봉투
'장모님 하늘나라 입학, 삼가 축하합니다'

연애하러 가는 날

택일은 무슨 택일
못 이긴 척 가는 거지

조금 물때 고향은 들물 날물 멎는 시간

이 바다
인연 거두고
산에 드는
숨비소리

참나리꽃

달팽이 뒷간 같네
신제주 어느 골목
어찌어찌 해장국집 끌고 온 내 아내가
얼결에 씨도둑처럼 참나리 꽃씨 받아왔네

여름이면 화분에 슬그머니 올린 꽃대
잎새마다 까만 씨앗 하나씩 품어내어
어디다 내려놓을까
시멘트 바닥뿐인 걸

그 꽃씨 다시 받아 어딜 갔나 했더니
장모님 산소 곁을
불 지르고 있었네
철 이른 벌초를 와서
불 지르고 있었네

아내의 오늘

점심인지
저녁인지
밥 몇 술 넘겨놓고

밤 장사할까 말까 역병 도는 저물녘

오늘은 반달 뜨려나
반쯤 문 연
달맞이꽃

합제合祭

큰형네 종교 따라 추도예배 드리는 저녁
홍동백서 그 대신에 성경 한 권뿐이네
절 한 번 올리지 못한 둘째 형의 저 묵언

아내는 아내대로 남몰래 성호 긋고
큰아버진 절집에서 어떤 예불 올릴까
아버지 그리고 어머니 창틀에 핀 초승달

2부

까마귀 각각 대듯

서귀포

사람보다 서귀포가 그리울 때가 있다
"오 시인, 섶섬바당 노을이 뒈싸졈져"
노 시인 그 한 마디에 한라산을 넘는다

약속은 안했지만, 으레 가는 그 노래방
김 폴폴 돼지 내장
두어 접시 따라 들면
젓가락 장단 없어도 어깨 먼저 들썩인다

'말 죽은 밭'에 들어간 까마귀 각각 대듯
한 곡 더 한 곡만 더
막버스도 놓쳤는데
서귀포 칠십리 밤이 귤빛으로 익는다

판돌이, 창경이 형

— 김창경

보슬보슬 보오슬 모슬포에 나와 서면
남녘 하늘 다 하는 바람 곳에 나와 서면
이따금 파도 소리에 LP판이 울 때 있다

그는 판돌이다
밥보다 노래가 좋아
제주시로
서귀포로
음악다방 DJ로
역마살 역마살 같은 딴따라 꿈도 실린다

땅떼기 듯
그 꿈마저 자식에게 넘겼는데
그래도 등에 걸린 가파도와 마라도
골목길 노래방에서 '맨발의 청춘' 찾는다

씨익

— 박창언

새소리만 흘러가는
성읍리 어느 건천

산수국 사나이도 그 곁에 터를 잡고

천지간 식구 아니냐
잎 내라
꽃 내라 한다

꽃을 섬기는 일도 대물림하는 건지
하는 일 족족 말아먹고 겨우 남은 텃밭 하나
산수국 헛꽃 웃음을 '씨익' 하니 피워 낸다

한때 이 섬에 홀린 김영갑 카메라도

'초원의 집' 이쯤에 와

더는 길을 놓쳤다지

컹 컹 컹 달 뜨는 밤엔 '개오름'도 달래준다

바람개비 친구

― 김창부

위미리 곤냇골에 '섬소년'이 살고 있다
한때는 시를 썼고
아직도 꿈꾼다는
그 소년 손자를 봐도
여전히 철부지다

마당과 옥상은 아예 마삭줄꽃 피워놨다
하루에 서너 시간
물주는 게 일이라는
그 친구
바람개비로
곤냇골에 살고 있다

솔동산 화가

— 고영우

바람도 파도 소리도 다 못 그린 동산이 있다
칠십리의 섬들이
눈썹에 뜬 그 자리
뿔소라 웅크리듯이 웅크린 사내가 있다

그는 왜 성당의 종지기가 되었을까
매번 그림 속의 저 뒷모습 또 누굴까
가슴에 묻었던 그 말, 종소리에 실어낸다

몇 호에 얼마냐고,
육지 한 번 안 오냐고
그런 말 묻지 마라 '내 생은 덧칠의 시간'
누군가 두고 간 바다, 못 떠난다
서귀포

보말국

섶섬 앞바다에 노을이,
끓고 있다

보목동 보말국집
한기팔시인
단골 식당

냄비에 숨비소리도 함께 끓고 있었다

남이누나

— 김순남

내 딸도 "남이누나!"
내 아들도 "남이누나!"

노처녀 남이누나
오십 년 문학동인

어느 날 종주먹 하며
"나보다 먼저 죽으면, 죽어!"

고향에 와 닮아간다

절집에서 며칠이나 병원에서 며칠이나
스님이 의사 같고 의사가 스님 같네
한 말씀 한 말씀마다 처방전도 거기서 거기

병원에 가는 일도 절집에 드는 일도
이삼십 년에 한번 꼴 오나 마나 하지만
밤새껏 링거 물방울 목탁 소리 같아라

봄 한철 꿩 소리가 터를 잡는 명치동산
물 실리면 단풍이요 아니면 낙엽일까
이승도 저승도 잠시 고향에 와 닮아가네

물매화가 돌아왔다

예순을 넘어서야 철드는 것 같다며
이일 저일 실눈 뜨고 쳐다보는 아내야
내 옷의 먼지 한 톨도 털어내는 아내야

마을까지 흘러든 따라비오름 억새 물결
그 물결을 거슬러 물매화가 돌아왔다
상아빛 브로치 달고 물매화가 돌아왔다

웅덩이가 없으면 오름이라 아니 한다
이승에서 말 못할 첫사랑 있었는지
아직도 못 녹인 능선 물매화가 돌아왔다

뺑튀기, 사월

하늘에서 내려 보면
한 덩이 화산탄 같네
바람에도 파도에도 떠밀리고 밀려온 섬
서러운
꿩이나 한번
건드리고 가는 섬

그 섬의 전농로는 백 년 묵은 벚나무 길
한 평 땅 그마저도
시멘트에 갇혔는데
지상에 못다 쓴 일기 똬리 틀듯 드러낸 뿌리

난리 난리 꽃난리
역병에도 꽃난리
어느 골목 뺑튀기장수 여태 거길 못 떠났나
기어이 그 뿌리마저 꽃송이 내미는 사월

송호리 사람들

모처럼
바람 불고
파도마저 드센 날
땅끝마을 송호리,
방에 갇힌 남정네들
털털털 경운기 끌고 읍내 다방 찾아간다

쌍화차와 양주 몇 병
양복에 백고무신
말이 외상이제
우리가 현찰 아니여!
양식장 걷어 올리믄 빚 청산도 한 방이랑께

세상 어디에나
가야 할 길은 있다
남녘도 북녘도 내겐 살아서 가야 할 땅
올봄 또 눌러앉아서 놓치는 길이 있다

겨울 억새

스스로 바친 거냐
아니면 털린 거냐

이레착 저레착 못 눕는 몸뚱이들

역병이 가긴 가려나
말울음 우는 들판아

육박나무

수목원 가는 길에 군복 무늬 나무를 본다
태풍도 넘겨놓고 4 · 3 번番도 섰는데
신새벽 6 · 25전쟁 아버질 또 부른다

목총 들고 핫둘핫둘 사격은 고작 5발
LST 함정 같은 제주항 주정공장
한가위 보름달마저 가지말라 붙든다

70년 만에 대신 받은 [6 · 25 참전용사증]
팔씨름, 팔씨름만은 져본 적이 없다는
아버지 이두박근이 꿈틀대는 것을 본다

3부

간맞추듯 우는 뻐꾹

울럿이

누게 가렌 헤시카
누게 오렌 헤시카

고향은 고향대로
입 비쭉 코 비쭉 ㅎ는디

울럿이 정제 무뚱을 감장 도는 즈냑 스시

봄을 사다

땅 한 평을 살까나
하늘 한 평 살까나

살짝 간맞추듯 뻐꾹 울음 실린 봄

내 몸을 맡겨서라도
몇 평 봄을 살까나

그렇게 보낸 저녁

부음 하나
친구 하나
그렇게 보낸 저녁

한 줄기 천둥 번개 마을 어귀 다녀가듯

내 얼굴
우주 한켠을
내리긋는
대상포진

껄무새

묻노니,

나는 정말 동학인가, 서학인가

새장 같은 방에 갇혀 밤을 보낸 사내야

곁에서 독백을 하듯

"살 껄" "팔 껄"

"팔 껄" "살 껄"

이장 바당

꿔올 걸 꿔와야지
사내를 꿔왔다고?
방사탑도 막지 못한 4 · 3이며 6 · 25
옆 마을 함덕리에서 쌀 꾸듯 꿔왔다고?

여자는 안 된다고 그 누구도 말 안 했다
저 바다 거센 물결
주름잡는 대상군마저
이장 일 맡는다는 건 꿈도 꾸질 못했다

그 어떤 난리통에도 갚을 건 갚아야지
몇 마지기 밭처럼 내어준 바당 한켠
밤이면 별빛 한 무리
자맥질하는 가슴 한켠

제주도 메이데이
— 〈제주4·3〉 확전의 도화선이 되었던 연미마을에 기대어

어느 역사에도 극과 극은 통한다
산 냄새 바다 냄새
살짝 섞인 그 봄날
구억리 4·28 회담도 극과 극이 통했었다

동냥을 안 줄 거면
쪽박이나 깨지 마라
방선문 계곡 물소리 놓치고 돌아선 골목
오라리 연미마을에 누가 불을 질렀는가

어느 쪽의 소행인지 끝까지 몰랐다면
조설대 장끼들이 토설하지 않았다면
한평생 물음표로나
남겨둘 걸 그랬다

오름의 내력

얼마나 외로웠으면 창파에 섬이 되랴
얼마나 외로웠으면 그 섬에 오름이 되랴
얼마나 외로웠으면
그 오름에 봉분이 되랴

하늘에는 별자리 땅에는 오름자리
오름 중에 북극성 같은 '높은오름' 올라서면
나 또한 그대에 홀려 떠도는 오름이랴

일출봉과 삼매봉 그 건너에 송악산
성산포와 서귀포 그 건너에 모슬포
올레길 따라온 삼포三浦
남극성이 끌고 간다

한라산 남녘자락 걸쭉한 입담 같은
'도끼다!'

하기도 전에 쫙 벌어진 산벌른내

가다가 오름도 흘려

섶섬 새섬 문섬 법섬

혁명사를 읽는 밤
— 연해주의 패치카 최

연해주의 겨울은
바다도 얼어붙는다
파도마저 그대로 멈춰서는 날이면
부동항 못 다한 말만 뒤척이고 있었다

그는 난로였다
러시아풍 벽난로
시베리아 횡단철도 우웅~웅 울고 가면
유목의 시린 가슴을 구워내던 페치카

땅덩일 등진 거지
조국을 등진 거냐
수이푼강 고백을 동해라 모를 건가
하얼빈 일곱 발 총성
그는 알고 있었다

이름을 남겨야만 장부의 길이겠나

남한이면 어떻고

북한이면 또 어떤가

깡깡 언 조선반도에 페치카 최*를 불러 본다

* 독립운동가 최재형의 애칭. 대한민국 임시정부 초대 재무총장.

삼지닥나무

그제 보고 어제 보고 오늘 또 보는데도
저기 저 꽃들만 보면 환장하는 사람아
저기 저 늦눈마저도
홀린 듯 안 홀린 듯

세 손가락 경례는 불복종 의미라는데
머체골 몽화들도 가지 셋씩 올렸네
천지간 역병의 봄아,
내 경례도 받으시라

광해우 光海雨

누가 온 포구라고?
뱃고동도 없었다고?
한 무리 흰 갈매기 파닥이는 행원리 바다
저렇게 뜯긴 바다로 누가 건너왔다고?

살아선 어등포구 죽어선 화북포구
광해란 그 사내도 봄꿈 한번 꿨던 게지
탱자울 술잔도 하나 벽을 치는 달도 하나

억울한 일 있으면 이 섬에 오지 마라
칠월도 초하룻날 끝내 뱉지 못한 그 말
시 몇 줄 섬에 남기고 혼자 가는 쏘내기야

4부

아깝기사 가을 햇살

송악산

오름과 오름 사이
적막과 적막 사이
양지꽃 봄까치꽃 거리를 둔 광대나물
감염병 도는 이 봄날
제 키 한껏 낮춘다

마라도야 가파도야 꿩 풀듯 풀어놓고
사월이면 죽네 사네
못살포야,
모슬포야,
흰철쭉 백조일손에 파도로 와 부서진다

거짓말 거짓말같이
인적도 끊긴 한낮
호박엿 늘어진 골목 끌고 가는 선거차량

그 소리,

윤슬바다에

저 혼자 끓고 있다

다솔사*

그래 이쯤에서 '등신불'을 못 썼다면
그게 어찌 방장산이고 그게 어찌 절집일까

용마루 까마귀 울음
소신공양하는 놀빛

고추장 된장 간장 아니면 깻잎장아찌
장독대 장독들이 부처처럼 앉아있다
저마다 못 삭힌 가슴
등신불로 앉아있다

* 소설가 김동리가 '등신불'을 썼던 절.

새미소오름

아깝기사 가을 햇살 줘도 받지 않겠네
금억새 물결 따라 흘러든 섬의 안쪽
이 생엔 사랑 같은 거
다시 받지 않겠네

오름에 대못질하듯 박혀있는 십자가
나도
그리움도
그 위에 매어달면
네 죄는 네가 알렸다
삿대질하는 구름

한라산 둘레길

한라산 둘레길은
'제주−목포' 뱃길같다
길 따라 파도 따라 둘레둘레 둘레길
물 봉봉 억새의 물결
오름이냐 섬이냐

가도 가도 8부 능선 박음질하듯 걷는 길
일제강점기 병참로 나도 따라 돌아들면
산노루 울음도 가끔 괭이질 소리로 들린다

이 땅에 누가 놓친 동전 한 잎 주워들 듯
그렇게 놓친 길을 주워든 가을 끝물
울어본 가슴만 골라 또 울리는 단풍아

지귀도*

가을이면 바다도 등 푸른 빛깔이다
섬과 섬 사이로 떼 지어 도는 물결
저 물결 한 접시 뜨면
펄떡펄떡 튀겠다

여기는 남녘의 끝
더 이상은 못 가리
총각 미당마저 눌러 앉힌 지귀도
주인집 '고을라의 딸'에
홀려버린 섬이렷다

눈이 항만 했던 그 해녀 어디 있나
이 섬에 물질 왔던 내 어머니 어디 있나
갯바위 자맥질하듯
순비기꽃 터지겠다

* 1937년 서정주가 6개월간 머물렀던 위미리 앞바다에 있는 섬. '고을라의
  딸' 등 지귀도 시편들은 『화사집』에 실렸다.

설악초

한여름 한낮인데
그 마을 그 올레엔
한 며칠 집 비웠나 송이 눈이 쌓였다
납작집 정낭을 넘어 송이 눈이 쌓였다

소금밭 일궜다지 구엄리 엄쟁이들
파도를 끌어들여
돌염전에 가둬놓고
한 열흘 태질을 하듯 천일염 구었다지

'닭 잡아먹는 복날'
달도 없는 애월의 밤
꽃잎도 이파리도 먼바다 하얀 울음도
월광초 넌출에 실려 송이 눈이 쌓였다

구름 멱살

어젯밤 아무 일도 아무 일도 없었는데
그렇다고 어떤 일 오늘 아침도 없었는데
서귀포 칠십리 벌판에 각시바위 올라섰네

이름에 홀렸을까
쌍바위에 홀렸을까
고해성사할 때도 감춰뒀던 말들을
낱낱이 안다는 건가 그런 건가 아닌가

그런 건가 아닌가, 이 몹쓸 각시바위
맑디맑은 바다에 물고기가 노닌다고?
간간이 구름이 와서 멱살 잡다 가는 바위

별자리 집자리

대체 어느 곳으로 '돌아가셨다' 하는 걸까
어머니 아버지 계신 가족묘지 한켠인가
고향산 국자로 걸린 북두칠성 한켠인가

별자리 돌아들 듯 돌아든 집자리들
어느덧 일곱 번째, 거처마다 별 아닐까
한 생애 침점 친 길이 별의 길은 아닐까

대체 어느 곳으로 '돌아가셨다' 하는 걸까
멀쩡한 사람 하나 어쩌자고 올려놓고
초저녁 마을 어귀에 서성대곤 하는 걸까

담뱃대더부살이

부정도 부정하면 긍정이 된다는데
서울의 섬 난지도야
서울로 간 난지도야
버리고 버려진 섬에 돋아난 더부살이꽃

한 삽의 제주억새에 기어이 따라 나와
꽃이로되 꽃 아닌 척 향기마저 없는 척
야고의 또 다른 이름
담뱃대더부살이

누이야 서울의 밤,
미싱공 내 누이야
고향도 오래 뜨면 섬이 되지 않을까
억새에 억세게 기대,
한강의 불빛에 기대

하필이면

탑동 해안선은 어느 집 스위치로
때맞춰 밀물 썰물 켰다 껐다 하는 건가
먹돌담 초지붕 몇 채
들락날락 삐걱인다

산남에서 유학 와 이 집에 세 든 누이
흙바람벽 천정을 가로지른
형광등 하나
반쪽이 걸린 저쪽은 신혼부부 방이었다

하필 스위치는
저쪽 방에 있어서
시험철 돌아오면 친구집 전전했다
우당탕 천장의 쥐도 숨죽이는 밤이었다

간출여

섬도 항거하면 위리안치 당하는가
내가 사는 제주섬도
200년 동안이나
탱자꽃 가시울 대신 수평선이 닫혔었다

이름하여 '출륙금지령'
내 어머니 테왁마저
들물 날물 바다에 실려 갔다 오는 건
물마루 저 건너 땅에 숨비소리 건넨 거다

썰물 때만 나오는 간출여랴 가출여랴
휴대폰도 인터넷도 소용없는 이 그리움
아직도 닐모리동동
서성이는 사람이 있다

세월이 시끄러우니

누구의 작품일까
그림 속 그림 같네

제주도립 미술관
뒤뜰에 핀
동백아

분명히 한 나무인데 붉은 동백
흰 동백

5부

종지옷 허공에 뜨듯

술벗 하나 떼어 놓고

공직에 들어서면 임지도 고향이라지
갓 제대한 이 선생
첫 부임한 저청중학교
산골엔 버스도 막막 관사에서 지냈다지

저지오름 산 그림자
머뭇머뭇 퇴근 무렵
늦눈 두어 송이 점방 앞을 지나는데
저만치 어느 학부형 "한 잔 헙주" 하는 거라

그 말에 맘이 동해
"쇠랑 매어뒁 옵써"
"우린 이미 대작해시난 저만 혼자 갈텝주"
쇠잔등
탁 치자마자
터덜터덜 가는 거라

죽절초

3년에 한두 차례 눈이 올까 말까 한다는

서귀포 보목마을 눈이 엔간 쌓인 아침

누굴까, 푸른 잎새에

빨간 열매 얹은 이는

고추잠자리 19

그냥 한 번 부서지고 돌아서는 파도처럼
추석날 몰래 왔다 돌아서는 파도처럼
어머니 숨비소리로 돌아서는 파도처럼

그래도 서너 마리
하늘하늘 남아서
섬 한 번 오름 한 번 리사무소 지붕도 한 번
종지윷 허공에 뜨듯
엎억뒈싹* 하는 판

실로 눈부신 건 세상에 살아있는 일
이집 저집 다독다독
봉분들도 다독다독
날개 끝 실린 내 고향 금빛으로 사무친다

* 제주에서 윷놀이할 때 윷가락이 엎어지고 뒤집히는 모습을 이르는 말.

고추잠자리 20

뒤끝이 그게 뭔가
맑디맑은 이 가을날
벌초가 끝났는데도 성가시게 어정어정
세상은 할 말 다 하고 가는 게 아니잖나

낸들 안 묻히겠나
가야 또 오는 세상
근데, 근데 말이야 딱 한 가진 훔쳐 갈래
이승의 휴대폰 하나 그것만은 허하시라

거짓말 거짓말같이 창공에 섬이 뜨면
봉분인지 섬인지 성가시게 어정어정
고향길 사위다 못한 울음마저 금빛이네

큰오색딱따구리

숲을 수리 중인지 망치 소리 한창이다

그래도 속수무책
기어드는 눈 몇 송이

온몸이 망치가 되어 따—악 딱 못질한다

보말과 게들레기*

이쯤에 와 내 결론은 '져주면 지는 거다'
휘둘릴 만큼 휘둘렸고
떠밀릴 만큼 떠밀려 봤다
밀물과 썰물의 경계, 거기도 싸움터다

이 세상에 집 한 채 못 갖고 온 게들레기
내 고향 위미바다 발톱 세운 파도같이
보말이 집 비운 사이
슬그머니 들앉는다

그렇게 훔쳤으면 그걸로 끝내야지
데닥데닥 갯바위
인기척만 들려도
별똥별 뛰어내리듯 몸 던지는
게들레기

* 고둥과 집게의 제주어.

섬, 신구간新舊間

신神인들 별수 있나 먹고는 살아야지
대한과 소한 사이, 이레 혹은 여드레쯤
저마다 일자리 찾아 섬을 비운
만팔천 신

그 틈새 놓칠세라
사람들은 사람들대로
눈치 볼 일 하나 없이 이삿짐을 꾸린다
섰다판 끗발 안 나면 서로 자리 바꾸듯

이번엔 어떤 신이 또 나를 간섭할까
이왕에 만날 거면
청춘 한때 목련 같은
그 허기 그 세월이면 동티나도 좋아라

들병이

둥그런 산수국에도
너울너울 사랑이 있다

올레길 섬 한 바퀴
장맛비로 돌아들면

들병이, 들병이같이
날 홀리는 헛꽃이 있다

푸른 그늘

땅속엔 재밌는 일 그리 많지 않나 보다
한여름 머귀나무 기어오른 매미가
한 목청 세상에 대고 푸른 그늘 날리며 운다

모천에 회유하는 남대천 연어처럼
제 씨앗 퍼뜨리려 세상에 나온 것들
기꺼이 목숨을 걸듯 접을 붙는 것이다

땅속엔 재밌는 일 그리 많지 않나 보다
그렇다면 이승이란 게 봄 저녁 허기 같아도
내 아직 살아있을 때 한 눈이나 팔까 보다

은행잎 기각

몇 번의 은행털이
그마저 죄이던가

성당을 끌어안고
쏘아 올린 화살기도

고얀놈 고약한지고
번번이 기각하네

꿔엉 꿩

오일장 할망들도
본숭만숭 한다는

손 시린 천 원짜리 그마저 털린 봄아

그런 날
오름에 올라
공갈 한 번 치고 간다

발문

믐빛 건졌으니 요망지다 우리 아덜
— 오승철 시집 『사람보다 서귀포가 그리울 때가 있다』

박 제 영(시인)

1

아비 없이 태어난 명자는 열여덟 살 꽃 같은 나이에
스스로 목숨을 끊었습니다 간장을 먹고 절벽을 구르고
약도 먹고 별의별 짓을 다했는데 죽지도 않더라 독한
년, 독한년, 술에 취한 날이면 어미는 독한년을 입에 달
고 살았지만 식구들 모두 빨갱이로 몰려 죽고 혼자 남
은 어미가 어찌 살았는지 아니까 어미도 스스로 징한년
이 되어 살아남은 것을 너무 잘 아니까 원망은 없다 했
습니다// 먼 남쪽 바다, 涯月의 석양이 왜 핏빛이 되었
는지 알려주었던, 박용래와 이용악과 니코스 카잔차키
스를 사랑했던, 애월의 모래밭에서 조르바와 춤을 추길
좋아했던, 마침내 애월에 몸을 던져버린 독한년, 열여

덟 살 명자는 이제 가고 없습니다// 먼 훗날 어느 가을
호젓한 오솔길을 홀로 걸을 때 혹여 코스모스 피었거
든, 그 붉은 잎에 박용래의 코스모스 한 구절 적어 바람
에 날려 보내주면 그것으로 좋겠다던, 독한년 명자, 삼
십 년 전 명자가 문득 붉어지는 가을이 있습니다

— 졸시, 「애월, 독한년」 전문

　내가 제주도와 애월과 제주 4·3의 아픔을 처음 알
게 된 건 그러니까 고2 때 일이다. 제주 살던 그 아이,
명자를 만난 게 그때였으니까. 아니 정확하게는 명자
를 만난 적은 한 번도 없다. 소위 펜팔이라는 편지를
통해 만났고, 편지를 받고 그 아이의 마지막 소식을
들었으니까. 어느 날 명자가 문충성 시집 『濟州바다』
를 보내왔더랬다. 갈피마다 말린 유채꽃이 들어 있었
고 마지막 갈피에는 곱게 접은 편지가 들어 있었다.
편지에는 노란 유채꽃이 한때 붉은 핏빛이었다며 외
할아버지 외할머니 그리고 외삼촌들이 어떻게 죽어야
했는지, 엄마가 왜 미친년처럼 살아야 했는지, 핏빛
내력을 적고 있었다. 명자의 편지는 「제주바다」에 나
오는 한 구절을 인용하면서 끝을 맺었더랬다. "원래
싸움터였다. 엄마의 삶도 내 삶도 싸움터였어. 이제

싸움을 끝내기로 했어. 언젠가 애월에 오거든 문충성의 '제주바다' 한 구절 읽어주면 좋겠다. 내가 듣고 있을 줄 모르잖아."

세상을 좀 더 알아야겠다고 생각한 게 그때였다. 교과서 바깥을 좀 더 알아야겠다고 생각한 게 그때였다. 그 아이는 나보다 더 문학을 사랑했다. 그 아이는 나보다 더 시를 사랑했다. 박용래와 이용악 같은 시인이 되고 싶다던, 카잔차키스처럼 자유롭게 훨훨 날고 싶다던 명자는, 열여덟 살 명자는 시집『濟州바다』와 유채꽃을 내게 보내고는 끝내 애월 컴컴한 바다에 몸을 던졌다. 제주바다로 들어간 명자는, 엄마가 하지 못한 일을 제 손으로 끝낸 명자는 영영 돌아오지 않았다. 제주 하면 으레 문충성의 시집『濟州바다』를 맨 앞에 두었던 것은 그러니까 순전히 독한년 명자 때문이다.

누이야, 원래 싸움터였다./ 바다가 어둠을 여는 줄로 너는 알았지?/ 바다가 빛을 켜는 줄로 알고 있었지?/ 아니다 처음 어둠이 바다를 열었다 빛이/ 바다를 열었지 싸움이었다/ 어둠이 자그만 빛들을 몰아내면 저 하늘 끝에서 힘찬 빛들이 휘몰아와 어둠을 밀어내는/ 괴

로워 울었다 바다는/ 괴로움을 삭이면서 끝남이 없는 싸움을 울부짖어왔다// 누이야 어머니가 한 방울 눈물 속에 바다를 키우는 뜻을 아느냐 바늘귀에 실을 꿰시는/ 한반도의 슬픔을 바늘구멍으로/ 내다보면 땀 냄새로 열리는 세상/ 어머니 눈동자를 찬찬히 올려다보라/ 그곳에도 바다가 있어 바다를 키우는 뜻이 있어/ 어둠과 빛이 있어 바닷속/ 그 뜻의 언저리에 다가갔을 때 밀려갔다/ 밀려오는 일상의 모습이며 어머니가 짜고 있는 하늘을// 제주 사람이 아니고는 진짜 제주바다를 알 수 없다./ 누이야 바람 부는 날 바다로 나가서 5월 보리 이랑/ 일렁이는 바다를 보라 텀벙텀벙/ 너와 나의 알몸뚱이 유년이 헤엄치는/ 바다를 보라 겨울날/ 초가지붕을 넘어 하늬바람 속 까옥까옥/ 까마귀 등을 타고 제주의/ 겨울을 빚는 파도 소리를 보라/ 파도 소리가 열어놓는 하늘 밖의 하늘을 보라 누이야

- 문충성, 「제주바다 1」 전문

『濟州바다』는 거의 40년 전에 읽은 시집이지만 시집 속의 시편들을 대부분 잊었지만, 「제주바다 1」만큼은 아직도 기억에 선하다.

2

> 濟州島라는 자그만 땅덩이가 척박한 삶의 눈물로 이
> 뤄진 것으로 이해되던 시절이 있었다. (…중략…) 나는
> 土俗의 世界를 잘 모르지만 濟州的인 것과 프랑스語 이
> 상으로 濟州島 方言을 사랑한다. 몇 군데 보이는, 濟州
> 人이 아니면 모르는 말들이 그것이다.
>
> − 문충성, 시집『濟州바다』중
> '시인의 산문' 부분(문학과지성, 1978)

오승철 시인이 발문을 부탁했을 때, 정중하게 거절
했어야 했는데 덜컥 써주겠다 했다. "토속土俗의 세계
(도) 잘 모르"면서 "제주적인 것"과 "제주도 방언"도
모르면서, "제주인이 아니면 모르는 말들"일 줄 뻔히
알면서 "제주 사람이 아니고는 진짜 제주바다를 알 수
없다"는 것을 뻔히 알면서 덜컥 써주겠다 했다. 아무
것도 모르면서 바보같이 바보같이. 이 또한 순전히 열
여덟 살 명자 때문이다. 문충성 시인의『濟州바다』때
문이다. 애월 때문이다.

오승철 시인이 지금까지 낸 시집 중에서 첫 시집

『개닭이』(나랏말싸미, 1988)를 뺀 나머지 다섯 권―『사고 싶은 노을』(태학사, 2004), 『누구라 종일 홀리나』(고요아침, 2009), 『터무니 있다』(푸른사상, 2015), 『오키나와의 화살표』(황금알, 2019), 『길 하나 돌려세우고』(황금알, 2021)―의 시집과 시선집을 몇 날 며칠에 거쳐 읽었다. 읽은 소감을 말하자면 한 사흘 낮밤은 풀어놓아야 할 것이니, 지난 제13회 한국예술상 심사평으로 대신하는 게 좋겠다. 지난해 오승철 시인이 제13회 한국예술상을 수상했을 때 심사위원들은 오승철 시인의 작품들에 대해 이렇게 얘기하고 있다.

"절절함과 신명이 묻어나고 해학성까지 배어 나오며 재미와 여유의 미학적인 차원까지 확대되고 있다. 바야흐로 오승철 시인의 시조는 접신의 경지에 들어섰다."

좀 과하다 싶을 만큼 극찬이다. 아니다. 맞다. "이대로 끝장났다 아직은 말하지 마라/ 대가리에서 지느러미, 또 탱탱 알밴 창자까지/ (…중략…)/ 온몸을 그냥 그대로 온전히 내놓는 것은/ 아직은 그리운 이름 못 빼냈기 때문이다"(「자리젓」)라는 절절함은 "누이야, 오

87

사카에 떠돌던 내 누이야/ 반도의 해안선도 저승길 한 귀퉁이도/ 수평선 바싹 당기면 끌려오지 않겠느냐"(『메-께라』)라는 신명으로 이어지고 "제주에선 소리보다 바람이 빨라/ '안에 계셔?' 그 말조차 다 흘리고 지워져/ 마지막 겨우 당도한/ 고백 같은/ 그 말/ '셔?'"(『'셔'』)라는 해학으로 이어지는 것이니, 과한 말이 결코 아니다.

그리고 오승철 시인은 수상 소감을 이렇게 얘기했다.

"40년 전 등단할 때만 해도 섬사람들은 수평선이라는 운명의 굴레에 갇혀 자신의 꿈을 펼치기엔 한계가 있었고, 섬은 대대손손 사람들의 세포 속에 DNA처럼 박힌 콤플렉스였다. 하지만 이제는 바람과 해녀, 오름 등 제주는 섬 자체가 시조이며, 수평선에 닫힌 공간이 아니라 사방이 열린 공간이듯이 시조 또한 정형률로 닫힌 장르가 아니라 세계로 무한히 열린 장르이다. 그것이야말로 이 땅을 터전으로 살아갈 후손들에게 꿈과 희망의 언어가 될 것이기 때문이다. 한라산 둘레길에 상고대가 하얗게 피었다. 나무마다 저렇게 하얀 꽃을 피워내는 대자연의 예술에 내 시업詩業의 길이 있다는 믿음으로 묵묵히 걸어가겠다."

　오승철 시인이 등단한 해가 1981년이니 시업의 길을 걸어온 것도 어느새 40년을 훌쩍 넘긴 셈이다. 그동안 겨우(?) 네 채의 시집을 지었으니 (두 채의 시선집을 포함한다 해도) 어찌 보면 과작寡作일 수도 있겠다. 지난해 나온 시집『길 하나 돌려세우고』〈시인의 말〉에서 오승철 시인은 "허랑방탕, / 여기까지는 왔다."라고 적고 있는데, 내 보기에 과한 겸손이다. '오체투지로 온몸을 끄을고 가는 시업'이라는 길이란 얼마나 멀고 험한 길이던가. 그 길 위에서 길 하나 돌려세우는 게 어디 쉬운 일이던가. "보랏빛 울음을 문/종 하나 만드는 일"(「야고」, 같은 책)이 어찌 쉬운 일이랴. 그럼에도 불구하고 그는 '40년 한눈팔지 않고 오체투지해서 길 하나 돌려세웠다' 자평하며 앞으로도 묵묵히 '시업의 길을 걸어가겠다' 하니 믿고 지켜볼 일이다.

3

"오승철 시인이야말로 제주인이구나. 제주도 방언을 사랑하는구나. 제주라는 토속의 세계를 지키며 번番을 서고 있구나. 제주에 아무리 오래 살았다 해도 그의 시집(들)을 읽지 않았다면 아직 제주를 모르는 것이겠구나."

오승철 시인이 지금까지 낸 시집과 시선집을 읽고 나름 내린 결론이다. 그런 마음으로 그의 다섯 번째 시집 『사람보다 서귀포가 그리울 때가 있다』 원고를 꼼꼼히 살펴 읽었다. 여전했다. 천상 제주인이라는 당연한 사실과 누구보다 제주도 방언을 사랑한다는 사실이 공공연히 편편마다 드러났고, 제주라는 토속의 세계를 지키며 번番을 서고 있다는 사실 또한 고스란히 묻어났다. 또한 "대자연의 예술에 내 시업詩業의 길이 있다"는 그의 말은 결코 허언이 아니었음을 보여주고 있다. 이전보다 조금 달라진 게 있다면 좀 더 가벼워진 느낌이다. 그의 시력詩歷만큼 그의 시라는 그릇에도 여유가 생긴 것일까. 시라는 그릇은 아이러니하

게도 가벼울수록 무거운 것을 담을 수 있고 깊게 담기는 법이다. 또한 시는 말을 죄었다 풀고 풀었다 죄면서 신명을 돋우는 데 참맛이 있는 법이다. 이번 시집에서 그런 여유와 신명이 좀 더 두드러졌다는 느낌이다.

아무튼 부족하나마 눈[心眼]에 닿은 몇 편을 중심으로 감상을 보태보려 한다. 그전에 명자 얘기 한 번만 더 하자.

이쯤에 와 내 결론은 '져주면 지는 거다'
휘둘릴 만큼 휘둘렸고
떠밀릴 만큼 떠밀려 봤다
밀물과 썰물의 경계, 거기도 싸움터다

이 세상에 집 한 채 못 갖고 온 게들레기
내 고향 위미바다 발톱 세운 파도 같이
보말이 집 비운 사이
슬그머니 들앉는다

그렇게 훔쳤으면 그걸로 끝내야지
데닥데닥 갯바위
인기척만 들려도
별똥별 뛰어내리듯 몸 던지는

게들레기

　　　　　　　　– 「보말과 게들레기」 전문

　이번 시집 5부에 실린 시 「보말과 게들레기」를 읽다
가 "별똥별 뛰어내리듯 몸 던지는/ 게들레기" 이 문장
을 읽다가 어쩔 수 없이 명자를 떠올렸다. 오승철 시
인이 나를 대신해 명자의 명복을 빌어주는 듯했다. 명
자가 게들레기가 되어 돌아온 듯했다. 제주에는 얼마
나 많은 명자가 살고 있는지, 얼마나 많은 게들레기가
살고 있는지, 짐작도 못 할 일이지만.

4

　시인이여,/ 토씨 하나/ 찾아 천지를 돈다// 시인이 먹
는 밥, 비웃지 마라// 병이 나으면/ 시인도 사라지리라
　　　　　　　　– 진이정, 「시인」 전문

　어머니 한 세상은 그믐밤 믐빛이었다
　〈4 · 3〉이며, 녹내장
　순명이듯 받아들고

손주놈 군사우편도 못 읽는
끔빛이었다

벚꽃 환한 봄 탓이리
외출도 봄 탓이리
몇 수저의 저녁상
그마저 물려놓고
화급히 성당 저 너머 사라진 숟가락 하나

"잘 갑서, 잘 가십서" 아내의 기도 소리
이 봉투 저 봉투
그중에 어느 봉투
'장모님 하늘나라 입학, 삼가 축하합니다'

                        -「축하, 받다」 전문

절창이다. 이번 시집 원고 중에서 오직 한 편만 고른다면 이 시「축하, 받다」가 아닐까. 아니 이 시 하나로 이미 이번 시집은 완성이라는 생각이다. 특히 이 시에서 내 눈을 사로잡은 건 "끔빛"이라는 단어다. 문맥으로 뉘앙스로 새벽에 뜨는 그믐달 그 사위어가는 빛을 그리 썼음이 틀림없겠다 싶었다. 그래도 혹시나 싶어 사전을 뒤져봐도 '끔빛'이라는 단어는 보이지 않는다. 인터넷을 한 번 더 검색했다. 그랬더니 백영일

서예가의 어느 인터뷰에서 믐빛이 등장했다. 그는 인터뷰에서 이렇게 얘기했다. "믐빛은 그믐달빛이다. 그믐에는 달이 사위어져 거의 달빛을 볼 수 없지만 분명한 것은 새 빛을 잉태하고 있다는 사실이다. 믐빛은 빛없는 빛이며 신생의 기운을 머금은 빛이다." 오승철 시인도 어쩌면 이 인터뷰 기사를 이미 읽었던 것일까. 분명한 것은 그가 캐낸 이 보석 같은 말이 "어머니 한 세상은 그믐밤 믐빛이었다"와 "장모님 하늘나라 입학, 삼가 축하합니다"라는 문장 사이의 울림과 떨림이 나의 심금을 울렸다는 사실이다. 죽음이 끝이 아니라 새로운 시작이라는 것, 그 당연하지만 어려운 명제를 "믐빛" 하나로 거뜬히 풀어냈다는 것이다. "물 실리면 단풍이요 아니면 낙엽일까/ 이승도 저승도 잠시"(「고향에 와 닮아간다」)라는 문장도 믐빛과 닿아 있음 아닌가. 제주섬이 제주인의 삶이 제주의 역사가 고스란히 믐빛 아니겠는가.

　시인이란 언어의 연금술사가 아니다. 어둠 속에 꽝꽝 묻힌 언어를 캐내는 미련한 광부이고, "토씨 하나 찾아 천지를 도는" 미련한 유목인이다. 아덜이 캐낸

'믐빛' 하나로 이미 어멍도 하늘나라에서 웃고 계실 터다. '장하다 우리 아덜 요망지다 우리 아덜'.

내가 무척 아끼는 단어가 '음예陰翳'라는 말이다. 큰 구름이 햇빛을 가려 생긴 그늘이란 뜻인데, 빛과 어둠이 반죽이 되고 발효가 되고 마침내 빛도 아니고 어둠도 아닌 그늘을 만들어내는 것이라 나름 풀고 있다. 이제 '음예' 옆에 '믐빛'을 두었으니 남부러울 게 없겠다.

5

물고기는 물고기끼리/ 낙타는 낙타끼리/ 나비는 나비끼리/ 그리고 사람은 사람끼리/ 언젠가는 서로 화해한다.

— 마종기, 「국적 회복」 부분

수십 년 시를 읽고 쓰면서 내가 깨친 게 몇 개 있는데 그중 하나가 "그리움과 외로움과 서러움은 한통속"이라는 사실이다. 그런 마음으로 다음의 두 편을 읽는다.

누게 가렌 헤시카
누게 오렌 헤시카

고향은 고향대로
입 비쭉 코 비쭉 ㅎ는디

올럿이 정제 무뚱을 감장 도는 ᄌ냑 ᄉ시
─「올럿이」전문

섬도 항거하면 위리안치 당하는가
내가 사는 제주섬도
200년 동안이나
탱자꽃 가시울 대신 수평선이 닫혔었다

이름하여 '출륙금지령'
내 어머니 테왁마저
들물 날물 바다에 실려 갔다 오는 건
물마루 저 건너 땅에 숨비소리 건넨 거다

썰물 때만 나오는 간출여랴 가출여랴
휴대폰도 인터넷도 소용없는 이 그리움
아직도 닐모리동동
서성이는 사람이 있다
─「간출여」전문

"누게 가렌 헤시카(누가 가라 했나) 누게 오렌 헤시카(누가 오라 했나)" 이 문장을 가만히 되뇌어보라. 애별리고愛別離苦, 그리움과 서러움과 외로움이 범벅이 되어있지 않은가. 한恨과 원怨과 망望이 범벅이 된 제주섬과 제주인의 삶이 고스란히 드러나지 않은가. "울럿이 정제 무뚱을 감장 도는 ᄌ녁 ᄉ시"(멍하니 부엌 문간을 서성이는 저녁 무렵)와 "아직도 닐모리동동 서성이는 사람이 있다"는 문장은 또 어떤가. 그립고 서럽고 외롭지 않은가.

6

요즘 내가 즐겨 보는 드라마가 tvN의 〈우리들의 블루스〉라는 주말 드라마다. 드라마 홈페이지에서는 "삶의 끝자락, 절정 혹은 시작에 서 있는 모든 사람들의 달고도 쓴 인생을 응원하는 드라마"라고 소개하고 있다. 배경을 제주도로 하고 있고, 제주도에 터를 둔 제주 사람들의 이야기를 그리고 있다. 당연히 등장인물들은 제주 방언을 쓰고 소개 글처럼 저마다 아픈 상

처와 사연을 지녔다. 작가는 매회 사람으로 인해 생긴 상처는 사람을 통해 화해하고 치유할 수밖에 없다는 것을 보여주고 있다. 엊그제도 드라마를 보았는데 그런 생각이 들었다. 이 드라마를 시청하는 사람들이라면 오승철 시인의 지난 시집들은 물론 이번 시집『사람보다 서귀포가 그리울 때가 있다』를 꼭 읽어봐야 하지 않겠나. 드라마에서 놓치고 있는 제주섬 사연, 제주 사람 사연이 녹아 있기 때문이다.

보슬보슬 보오슬 모슬포에 나와 서면
남녘 하늘 다 하는 바람 곶에 나와 서면
이따금 파도 소리에 LP판이 울 때 있다

그는 판돌이다
밥보다 노래가 좋아
제주시로
서귀포로
음악다방 DJ로
역마살 역마살 같은 딴따라 꿈도 실린다

땅뗴기 듯
그 꿈마저 자식에게 넘겼는데

그래도 등에 걸린 가파도와 마라도

골목길 노래방에서 '맨발의 청춘' 찾는다

—「판돌이, 창경이 형」전문

제주에도 춘천의 정현우 형 같은 창경이 형이 사는 모양이다. "밥보다 노래가 좋아" "음악다방 DJ로" "역마살 같은 딴따라 꿈"을 따라 동가식서가숙하는 게 춘천의 정현우 형뿐이겠는가. 제주의 창경이 형뿐일까. 사실 '판돌이, 창경이 형'을 통해 오승철 시인이 보여주려 한 것은 작게는 육지와 섬, 중심과 변방 그 소외된 삶에 대한 은유이고 크게는 대한민국을 사는 살아내기 위해 발버둥 치는 부질없는 욕망에 대한 은유이겠지만 그딴 얘기가 다 무슨 소용이랴. 나는 단지 판돌이 창경이 형이 궁금할 따름이다.

고故 김영갑 사진작가에게 흔쾌히 집을 내준 "성읍리 어느 건천" "그 곁에 터를 잡고" "산수국 헛꽃 웃음을 '씨익' 하니 피워"(「씨익」)내고 있는 박창언 씨가 궁금하고 "한때는 시를 썼고 아직도 꿈꾼다는" 손자를 봤어도 "여전히 철부지"라는 "바람개비로 곤냇골에 살고"(「바람개비 친구」) 있다는 섬소년 김창부 씨가 궁금하고 "성당의 종지기가 되"어 "가슴에 묻었던 그 말, 종소리에 실어낸다"(『솔동산 화가』)는 화가 고영우 씨가 궁금하고 오승철 시인의 아들과 딸이 "남이누나" 로 부른다는, 오승철 시인과 "오십 년 문학동인"이라 는 "노처녀"(『남이누나』) 김순남 씨가 궁금할 따름이다.

7

> 娘子의 이름을 무에라고 부릅니까// 그늘이기에 손목
> 을 잡았더니/ 몰라요, 몰라요, 몰라요, 몰라요// 눈이
> 항만하여 언덕으로 뛰어가며/ 혼자면 보리누름 노래 불
> 러 사라진다
>
> — 서정주, 「高乙那의 딸」 부분

아무래도 제주도에 가야겠다. 시집 속에 나오는 처 처 곳곳을 아무래도 직접 봐야겠다. 그러고 보면 이만 한 관광안내서도 드물지 않겠나 싶다. 그러니 시집 『사람보다 서귀포가 그리울 때가 있다』 한 권 들고 제 주도를 가야겠다. 제주도를 제대로 보고 와야겠다.

택일은 무슨 택일
못 이긴 척 가는 거지

조금 물때 고향은 들물 날물 멎는 시간

이 바다
인연 거두고
산에 드는
숨비소리

─「연애하러 가는 날」 전문

　제주 해녀들은 그렇게 세상을 바다를 뜨나 보다. "이 바다 인연 거두고" "못 이긴 척" 하늘나라 사람들과 인연 맺으러 연애하러 가는가 보다. 그러니 "하늘나라 입학, 삼가 축하합니다"(「축하, 받다」) 하는 모양이다. 얘기가 잠시 샛길로 빠졌는데, 우야든동 제주도에 가야겠다. 가서 오승철 시인에게 청해서 창경이 형, 박창언 씨, 김창부 씨, 고영우 씨 그리고 남이 누나를 불러내어 "한기팔 시인 단골식당"이라는, "노을이, 끓고 있"는 "섶섬 앞바다" "보목동 보말국집"(「보말국」)에서 보말국을 먹은 다음 (금강산도 식후경이라잖은가) 제주도 처처 곳곳을 둘러봐야겠다.

"서귀포 칠십리 밤이 귤빛으로 익는"(『서귀포』) 모습도 보고, "단애를 퉁퉁 치면서" "달이 뜬"(『애월』) 애월도 보고, "꿩비애기 채가듯 한 마을 다 채어간" "봉분만 남은 머체골"(『메체골 제주참꽃』)에 가서 제주참꽃 그 박달래도 보고, "따라비오름 억새 물결/ 그 물결을 거슬러 물매화가 돌아왔다/ 상아빛 브로치 달고 물매화가 돌아왔다"(『물매화가 돌아왔다』)는 따라비오름 물매화도 보고, "일출봉과 삼매봉 그 건너에 송악산/ 성산포와 서귀포 그 건너에 모슬포/ 올랫길 따라온 삼포三浦/ 남극성이 끌고 간다// 한라산 남녘자락 걸쭉한 입담 같은/ '도끼다!'/ 하기도 전에 쫙 벌러진 산벌른내/ 가다가 오름도 흘려/ 섶섬 새섬 문섬 법섬"(『오름의 내력』)도 가봐야겠다. 무엇보다 "총각 미당마저 눌러 앉힌" 지귀도는 꼭 가봐야겠다.

가을이면 바다도 등푸른 빛깔이다
섬과 섬 사이로 떼 지어 도는 물결
저 물결 한 접시 뜨면
펄떡펄떡 튀겠다

여기는 남녘의 끝
더 이상은 못 가리

총각 미당마저 눌러 앉힌 지귀도
주인집 '고을라의 딸'에
홀려버린 섬이렷다

눈이 항만 했던 그 해녀 어디 있나
이 섬에 물질 왔던 내 어머니 어디 있나
갯바위 자맥질하듯
순비기꽃 터지겠다

―「지귀도」 전문

서정주가 만났던, 눈이 항(항아리)만 했던 그 해녀
도 이제 없고, 오승철 시인의 어머니도 이제 없지만
지귀도 가서 순비기나무 순비기꽃 터지는 그 숨비소
리 들어봐야겠다.

8

엄마야 나는 왜 갑자기 울고 싶지/ 가을빛 물든 언덕
에/ 들꽃 따러 왔다가 잠든 나/ 엄마야 나는 어디로 가
는 걸까

― 조용필 노래, 「고추잠자리」 부분

이번 시집에도 어김없이 「고추잠자리」 연작시가 등장한다. 오승철 시인은 왜 집요하게 고추잠자리를 쫓는 것일까.

그냥 한 번 부서지고 돌아서는 파도처럼
추석날 몰래 왔다 돌아서는 파도처럼
어머니 숨비소리로 돌아서는 파도처럼

그래도 서너 마리
하늘하늘 남아서
섬 한 번 오름 한 번 리사무소 지붕도 한 번
종지윷 허공에 뜨듯
엎억뒈싹 하는 판

실로 눈부신 건 세상에 살아있는 일
이집 저집 다독다독
봉분들도 다독다독
날개 끝 실린 내 고향 금빛으로 사무친다
　　　　　　　　　　　　　　－「고추잠자리 19」 전문

뒤끝이 그게 뭔가
맑디맑은 이 가을날

벌초가 끝났는데도 성가시게 어정어정
세상은 할 말 다 하고 가는 게 아니잖나

낸들 안 묻히겠나
가야 또 오는 세상
근데, 근데 말이야 딱 한 가진 훔쳐 갈래
이승의 휴대폰 하나 그것만은 허하시라

거짓말 거짓말같이 창공에 섬이 뜨면
봉분인지 섬인지 성가시게 어정어정
고향길 사위다 못한 울음마저 금빛이네
— 「고추잠자리 20」 전문

날개를 가졌지만 섬을 떠나지 못하는 위리안치의
삶, "출국금지령"에 갇힌 제주인들, 아직 이름조차 얻
지 못한 〈4 · 3〉 백비白碑, 끝끝내 바다를 건너지 못한
숨비소리, 그 모든 울음을 담았으리라 지레짐작할 뿐
이다. 오승철 시인 만나거든 조용필의 「고추잠자리」나
함께 불러볼 일이겠다.

9

섬 속에 숨은 당신/ 섬 밖으로 떠도는 당신// 울지 마
세요/ 가도 가도 서쪽인 당신/ 당신이라고/ 돌아갈 곳
이 없겠어요

— 이홍섭, 「서귀포」 부분

강릉의 시인 이홍섭 형의 시집 『가도 가도 서쪽인
당신』의 표제시가 「서귀포」인데, 이 글을 쓰며 인용하
는 까닭은 "섬 속에 숨은 당신"이 "섬 밖으로 떠도는
당신"이 그리하여 "가도 가도 서쪽인 당신"이야말로
오승철 시인이 아닐까 싶어서다. 오승철 시인과 서귀
포는 아무래도 떼려야 뗄 수 없는 것이 느껴졌기 때문
이다. 이번 시집의 표제시를 읽지 않을 수 없겠다.

사람보다 서귀포가 더 그리울 때가 있다
"오 시인, 섶섬 바당 노을이 뒈싸졌져"
노 시인 그 한 마디에 한라산을 넘는다

약속은 안 했지만, 으레 가는 그 노래방
김 폴폴 돼지 내장
두어 접시 따라 들면

젓가락 장단 없어도 어깨 먼저 들썩인다

'말죽은 밭'에 들어간 까마귀 각각 대듯
한 곡 더 한 곡만 더
막버스도 놓쳤는데
서귀포 칠십리 밤이 귤빛으로 익는다

　　　　　　　　　　　　　　－「서귀포」전문

　진시황의 사자使者 서불이 불로초를 구하러 이곳을
다녀갔다 해서 서귀포가 됐다는 "서불과지徐市過之"의
설說은 아무래도 틀렸다. 내 보기에 "승철과지承哲過之"
라야 맞겠다. 서귀포에서 나고 자란 오승철 시인은 발
이 닳도록 서귀포를 돌고 또 돌고, 서귀포를 노래하고
또 노래하고 있지 않은가. 그의 시가詩歌가 있어서 "서
귀포 칠십리 밤이 귤빛으로 익는" 거 아닌가. "누군가
두고 간 바다, 못 떠난다"(「솔동산 화가」)며 오승철 시
인은 끝내 "섶섬 앞바다에 노을이,/ 끓고 있"는 서귀
포를 떠나지 못할 것이다. "제주억새에 기어이 따라나
와/ 꽃이로되 꽃 아닌 척 향기마저 없는 척/ 야고의
또 다른 이름/ 담뱃대더부살이"(「담뱃대더부살이」)가 되
어 오승철 시인은 야고처럼 야고가 되어 끝끝내 서귀

포의 작은 섬으로 남을 것이다.

10

　쓰고 보니 허虛다. 공空이다. 헛꽃만 피었다. 허허실실虛虛實實이다. 허虛에 담긴 저 실實이라니. 그는 고수다. 내 무슨 말을 보탤 수 있단 말인가.

　그러니 오승철 시인의 말로 때우자. "그래, 좋을 때다./ 찔레꽃 환히 켜 놓고/ 귀 먹먹 우는/ 섬아"라는 시인의 문장을 빌려 이렇게 쓴다.

　읽기에 좋았고 보기에 환했고 마침내 귀가 먹먹했다.

황금알 시인선